W9-AWA-752

HAUT LES PATTES !

Catalogage avant publication de Bibliothèque et Archives nationales
du Québec et Bibliothèque et Archives Canada

Brochu, Yvon

   Galoche haut les pattes !

   (Galoche ; 9)
   Pour les jeunes de 8 à 12 ans.

   ISBN 978-2-89591-088-6

   I. Lemelin, David. II. Titre. III. Collection : Brochu, Yvon. Galoche ; 9.

PS8553.R6G348 2009   jC843'.54   C2009-940681-0
PS9553.R6G348 2009

Tous droits réservés
Dépôts légaux : 2e trimestre 2009
Bibliothèque nationale du Québec
Bibliothèque nationale du Canada
ISBN 978-2-89591-088-6

© 2009 Les éditions FouLire inc.
4339, rue des Bécassines
Québec (Québec) G1G 1V5
CANADA
Téléphone : (418) 628-4029
Sans frais depuis l'Amérique du Nord : 1 877 628-4029
Télécopie : (418) 628-4801
info@foulire.com

Les éditions FouLire reconnaissent l'aide financière du gouvernement du
Canada par l'entremise du Programme d'aide au développement de l'industrie
de l'édition (PADIÉ) pour leurs activités d'édition. Elles remercient la Société
de développement des entreprises culturelles du Québec (SODEC) pour son
aide à l'édition et à la promotion.

Gouvernement du Québec – Programme de crédit d'impôt pour l'édition de
livres – gestion SODEC.

Les éditions FouLire remercient également le Conseil des Arts du Canada de
l'aide accordée à leur programme de publication.

100 %

Imprimé avec de l'encre végétale sur du papier Rolland Enviro 100, contenant 100 %
de fibres recyclées postconsommation, certifié Éco-Logo, procédé sans chlore et
fabriqué à partir d'énergie biogaz.

IMPRIMÉ AU CANADA/PRINTED IN CANADA

GALOCHE

HAUT LES PATTES !

YVON BROCHU

Illustrations
David Lemelin

École Jean-Leman
4 avenue Champagne
Candiac, Qué.
J5R 4W3

ÉDITIONS
FouLire

Si les humains savaient
s'amuser aussi bien que nous,
les chiens, tout marcherait au poil
sur cette planète,
foi de Galoche !

N'oublie pas qu'il me fait toujours plaisir
de t'accueillir dans ma cyberniche
www.galoche.ca

La Famille Meloche

ÉLOÏSE
LA GRANDE
DIVA

SÉBASTIEN
MONSIEUR-
JE-SAIS-TOUT

MARILOU
LA TRISTE
SOUS-MINISTRE

FABIEN
UN BIEN
BON GARS

MOI
GALOCHE
SUPERCABOCHE

ÉMILIE
MA DOUCE

W-OUF!

Moi, Galoche, j'en ai ras le poil du soccer!

– Saute, Galoche!... Saute!... Saute!... Saute!

En fait, j'adore le soccer. Mais jouer le bouche-trou, comme en ce moment, quelle humiliation, foi de Galoche!

En ce matin gris, mon Émilie donne une autre séance d'entraînement à son petit ami Pierre-Luc. Moi, j'accompagne les tourtereaux pour aider ma Douce à améliorer le jeu de notre jeune voisin.

– Bouge, Galoche, bouge! me crie Émilie, souhaitant que je joue au défenseur devant son protégé. GROUILLE!

Nous sommes sous de gros pylônes, dans un champ qui n'a rien de champêtre... Je le comparerais plutôt à un champ de bataille, misère à poil! On y a aménagé un terrain de soccer pour les jeunes du coin. Le terrain est parsemé de trous; on dirait un fromage suisse. Je bondis à gauche du ballon, à droite, en avant, en arrière et voguent les oreilles! À ce rythme d'enfer, je ne ferai pas vieux os!...

Le museau dans les airs et la langue à terre, je jette un coup d'œil vers Pierre-Luc. Surprise! Ce dernier sautille devant le ballon comme s'il marchait sur des œufs. «En tout cas, lui, il n'aura pas mal aux os demain...»

PRUUUITTT! PRUUUITTT!

Mes tympans frémissent d'horreur sous ces coups de sifflet.

– Pierre-Luc! lance Émilie, telle une générale d'armée. Tu apprends à dribbler... PAS À DANSER LA CLAQUETTE!

Je ris dans ma barbichette.

PRUUUITTT ! PRUUUITTT !

– Toi, Galoche, continue !

Je reprends vitement mes *stépettes* : mes oreilles volent de nouveau dans les airs comme deux grands fouets et ma gueule se transforme en véritable ruine-babines. Pour sa part, Pierre-Luc continue de piétiner gentiment devant le ballon.

– Tu passes pas sur le pont d'Avignon, avec ton ballon !... lui fait remarquer Émilie. TU DOIS DÉJOUER UN DÉFENSEUR ENNEMI !

Le défenseur ennemi, c'est moi, Galoche : du moins, je fais tout pour en avoir l'air. Quitte à passer pour un chien-clown aux yeux des passants.

– Oh! Ah! Oh!... s'énerve notre jeune voisin, dans un soudain regain d'énergie, faisant rapidement passer le ballon d'un côté à l'autre à trois reprises sans se prendre les pieds dans ses espadrilles. C'est bon, ça, hein?

Voilà Pierre-Luc dans les airs. Il semble vouloir m'imiter et prendre son envol à son tour.

– Aïïïe!...

Malheur! Son pied droit est retombé sur le haut du ballon. Il s'est tordu la cheville et son derrière vient de percuter durement l'une des centaines de plaques de terre du vieux champ de pratique.

«W-ouf! Enfin un répit.»

Je remarque de gros nuages presque noirs au-dessus de nos têtes, annonciateurs de pluie. Je m'imagine alors Pierre-Luc tombant sur les fesses dans une mare de boue...

– Galoche! hurle Émilie. On recommence. HAUT LES PATTES!

Oh, oh! Attention! Il y a maintenant de l'orage dans l'air… d'Émilie!

🐾

Regards remplis d'éclairs, ordres lancés tels des coups de tonnerre, explications répétées et répétées jusqu'à bout de nerfs, Émilie a beau tout faire, Pierre-Luc reste coincé sur le pont d'Avignon… et moi, je reste affalé sur un coin de gazon. Épuisé par mes acrobaties aériennes, je ne bouge plus d'un poil.

«Pierre-Luc va la rendre folle!… Mais pourquoi ma Douce s'est-elle piégée elle-même?» que je m'inquiète. Je me remémore une scène qui s'est déroulée il y a deux jours seulement entre Émilie et les Zèbres, l'équipe de soccer dont elle est le gardien de but.

– Émilie, t'es sûre que ton *chum* peut remplacer Francis?

– Oui, certaine!

Quelle horreur! Francis, le meilleur attaquant de l'équipe, avait dû déménager à Toronto, subito presto, sa mère ayant obtenu une promotion inattendue. Les Zèbres craignaient d'être rayés des séries: l'équipe devait absolument gagner son prochain match contre les puissants Kangourous. Ces derniers étaient devant eux au classement, avec seulement un point d'avance en poche... mais un point fatidique pour les Zèbres!

– Émilie, tu sais qu'on joue contre les Kangourous, jeudi soir? C'est dans deux jours, ça!

– Oui!

– Et tu sais qu'ils ont un petit nouveau, Boum-Boum? Un mastodonte qui a compté trois buts, samedi dernier.

– Oui.

Moi, Galoche, j'ai bien noté cette hésitation d'Émilie avant sa réponse et j'ai tout de suite compris que ma Douce ne savait rien de cet énorme petit nouveau. Mais elle est restée *im-per-tur-ba-ble.*

– Euh... É... Émilie, est intervenu Zoom-Zoom, le plus rapide des Zèbres euh... ton Pierre-Luc, là... je l'ai déjà vu jouer au ballon-chasseur. Puis, euh... il courait pas très souvent après le ballon. C'était plutôt l'inverse.

– C'était il y a longtemps ! a aussitôt répliqué ma Douce, sur un ton tranchant. Il s'est beaucoup exercé. Il va vous épater !

De promesse en promesse, de garantie en garantie, de petit mensonge en grand mensonge, Émilie est finalement parvenue à intégrer son Pierre-Luc au sein de son équipe.

– On va le faire jouer à l'aile, aux côtés de Zoom-Zoom !

– Ouais, génial ! S'il est aussi bon que tu le dis, Émilie, lui et moi, on va faire un malheur !

– Les Kangourous n'ont qu'à aller se rhabiller !

– Et leur Boum-Boum avec !

L'enthousiasme était à son comble.

Le comble en ce moment, ici, sur le pont d'Avignon, c'est que mon Émilie n'a pas perdu son enthousiasme malgré les contre-performances de Pierre-Luc.

– Bon, bon. Passons au botté. Pierre-Luc, il faut que tu comptes un but, demain !

TOC ! TOC ! TOC ! Des gouttes de pluie explosent sur mon museau.

– Émilie ? Il pleut, fait notre héros en herbe. On rentre ?

– Rentrer ? s'étonne ma Douce en prenant le ballon dans ses mains. Pleut, pleut pas, au soccer… ON JOUE ! Venez, suivez-moi tous les deux !

La pluie se met à tomber aussi fort que l'ordre d'Émilie.

– Oui, mais…, réplique le futur as des Zèbres, on… on va être mouillés!

Se retournant vivement, ma Douce lui répond, sur un ton de poudre à canon:

– Faut pas être une poule mouillée pour jouer au soccer, Pierre-Luc!

Dur petit matin pour les tourtereaux, foi de Galoche!

Tout dégoulinant, moi, Galoche, je trottine vers le but. Je me sens de nouveau confondu par les comportements de ces chers humains.

Pourquoi Émilie a-t-elle fait croire à ses Zèbres que Pierre-Luc était un superjoueur?

Pourquoi ma Douce s'entête-t-elle à vouloir intégrer notre jeune voisin dans son équipe?

Pourquoi Pierre-Luc, si peu doué, a-t-il accepté et cru qu'il pourrait devenir un bon joueur en si peu de temps?

Pourquoi Émilie croyait-elle pouvoir faire un champion de son Pierre-Luc, connaissant son style **claquette sur le pont d'Avignon** *avec un ballon?*

Pourquoi? Pourquoi? Pourquoi?... Les deux tourtereaux ne sont pas idiots, après tout! ALORS... POURQUOI?

Et là, à quelques mètres du but de soccer, la réponse illumine le firmament de mon esprit, comme un éclair:

L'AMOUR!

Dans *Le dictionnaire canin des mots humains*, on définit ainsi ce terme: **«Maladie humaine qui attaque les cellules du cerveau et fait perdre la raison».**

W-ouf! Émilie et Pierre-Luc ont beaucoup de cellules malades! Je suis atterré. Mais je reprends espoir en me rappelant que le dictionnaire ajoute: «**Maladie mineure, toutefois, car l'amour finit presque toujours par disparaître de façon aussi étrange et rapide qu'il est arrivé**».

Oups! serait-ce aujourd'hui le jour de la guérison?...

🐾

PRUUUITTT!

L'orage est allé passer plus loin, mais d'autres gros nuages noirs s'accumulent dans le regard de mon Émilie au fur et à mesure qu'elle dépose le ballon un peu plus près de mon but, après chaque botté raté par le petit nouveau des Zèbres.

– OK, on va le rapprocher encore un peu. Faut pas te décourager, Pierre-Luc! Tu vas y arriver!

Moi, Galoche, je suis ébloui par la force de caractère de mon Émilie. Dans son regard, je vois bien qu'en son for intérieur la marmite bout. Elle est même sur le point d'exploser… et de faire exploser le pont d'Avignon ainsi que le garçon qui s'y promène avec son ballon. Pourtant, ma Douce garde son calme. Elle demeure à la hauteur de son rôle d'entraîneure et dépose le ballon, encore une fois, face à moi, si près de mon museau qu'il est impossible pour Pierre-Luc de rater le but – comme tu sais, le but, au soccer, est pratiquement aussi grand qu'un parc à chien, autre invention ridicule des humains qui nous y font courir comme dans une prison, misère à poil!

– Émilie, regarde bien!... s'écrie le Zèbre en herbe. Je vais te compter le plus beau but que tu aies vu!

«Pas habile, mais tenace, ce Pierre-Luc!»

Dans mon but, je suis déjà en position: les yeux et la gueule croches, bien en équilibre sur le bout de mes coussinets, prêt à bondir, tel un chimpanzé vers une nouvelle liane.

PRUUUITTT!

L'entraîneure a parlé : Pierre-Luc fonce vers le ballon.

Et là, moi, Galoche, je prends une grave décision : « Ne bouge pas d'un poil, Galoche ! Fais en sorte que ce pauvre Zèbre compte un but. Laisse enfin pénétrer un peu de soleil dans la grisaille de ce matin de dur entraînement. Un cadeau qui te coûtera seulement un brin d'orgueil, mais qui fera grand bien à tes deux tourtereaux que tu aimes tant et qui en ont bien besoin... Attention ! »

Pierre-Luc termine sa course et soulève son pied droit. Moi, en « booon chien » que je suis, je ne bouge pas d'un poil et... le ballon non plus ! J'ai à peine le temps de me demander comment le nouveau héros des Zèbres a pu rater le ballon que... FLOUTCH ! je reçois une énorme motte de terre boueuse en pleine gueule. POUACHE !

Étouffé et aveuglé par cette terre mouillée qui pénètre jusqu'au fond de mes narines, je tourne en rond comme un lion en cage. Puis, je réussis à rejeter cette horrible bouillie pour les chats... W-OUF!... La gueule, le museau et les yeux enfin dégagés, je peux respirer de nouveau et voir Émilie qui s'est approchée.

– Pauvre Pierre-Luc! fait-elle, attentionnée et ne se préoccupant pas une seconde de moi. T'es-tu fait mal à la cheville?

Je reste là, sans un *jappe*, le museau encore fumant de terre humide, ruminant ma frustration… à l'intérieur.

Cette fois, je suis ébloui par MA force de caractère, misère à poil!

La pluie a cessé depuis un bon moment. À bout de conseils, Émilie a décidé d'enseigner par l'exemple.

– Pierre-Luc, tu vas mieux comprendre en observant comment on marque des buts. Regarde-moi bien!

Depuis, moi qui en avais plein le toupet de jouer le «booon chien», je défends ma cage comme un lion enragé. Je viens de bloquer, haut les pattes, les 18 derniers tirs de notre entraîneure. Une vraie séance de torture, pour Émilie cette fois… et une bien douce revanche pour moi, Galoche.

– Wow! ne cesse de répéter le petit nouveau des Zèbres, en admiration devant mes arrêts qui laissent à penser que les bottés d'Émilie sont, finalement, bien ordinaires.

Les pommettes transformées en deux tomates italiennes rouges, voilà que ma Douce s'amène vers moi d'un pas militaire. Puis, elle se tourne brusquement.

– Toi, tu bouges pas! commande-t-elle à son protégé, qui s'était mis à la suivre.

Le sauveur des Zèbres s'arrête aussitôt, les deux pieds dans un trou d'eau.

– Chapeau, mon beau! me complimente notre entraîneure, avec un sourire en coin. Tout un numéro!

Je reste sur mes gardes. «Mais que peut bien cacher cet air moqueur de ma Douce? que je m'interroge. Je sais qu'Émilie déteste perdre. Pourtant, loin de me semoncer, elle me lance des fleurs. C'est à n'y rien comprendre...»

– Super! Mais t'as besoin d'être aussi bon, tantôt...

Étonné, je lève les yeux vers Émilie.

– Ben oui, poursuit-elle. J'ai hâte de voir les prouesses que tu vas faire, dans quelques minutes, pour faire croire à Pierre-Luc que tu ne fais pas exprès pour le laisser marquer des buts.

«Quoi? Émilie veut que je laisse Pierre-Luc compter des buts... SANS QUE CELA PARAISSE?!»

– Tu as tout compris, mon beau. C'est essentiel pour lui donner vraiment confiance : il doit croire que toi, un grand gardien dont il a vu les arrêts spectaculaires, tu as tout tenté pour arrêter ses bottés. Tu comprends, Galoche?...

«Ah, la crasse d'Émilie!»

Je suis pris à mon propre piège à mon tour, foi de Galoche!

Je n'ai jamais été aussi exténué de toute ma vie de chien, misère à poil!

Les conseils d'Émilie ont certes peu à peu porté leurs fruits auprès de notre célèbre Zèbre en herbe, dont les bottés s'améliorent à chaque nouvel essai. Mais il reste quelques petits problèmes à résoudre: la force et la trajectoire! Si bien que je dois puiser au plus profond de mon répertoire de pirouettes, de culbutes, de sauts, simples, doubles, triples, arrière, avant, à droite, à gauche, sans compter les mimiques ainsi que les grimaces inévitables, pour rendre mon numéro crédible à ses yeux.

Je suis un vrai chien-magicien, car Pierre-Luc n'y voit que du feu...

– Wow! Ça va frapper fort, demain soir! s'enthousiasme-t-il, replaçant le ballon pour un autre tir, encouragé par ses dernières performances.

Moi, Galoche, je sens que je vais bientôt tomber au champ de bataille : j'ai les jambes  aussi molles que des guedilles aux œufs – la spécialité de Fabien pour les pique-niques en famille.

– OK ! Un dernier…, intervient Émilie qui, je crois, a compris que son gardien de but va bientôt la lâcher.

Je vois ma Douce me faire un petit clin d'œil complice. « W-ouf ! J'ai passé l'épreuve avec succès ! »

Soudain, une ombre me fait tourner la tête vers le ballon : un énorme pied lui rentre dedans… BOOOUM ! « Haut les pattes, Galoche ! » que je pense de toute urgence.

– W-OUF !

Je reçois le boulet de canon en plein estomac. Je m'envole à reculons! Mes oreilles pointent devant moi, vers l'horizon. J'ai la désagréable impression d'être devenu aussi rond que le ballon. Dans les airs, je m'enfonce dans mon but. Puis, tel un gros poisson, je me sens attrapé par le filet et je retombe au sol, pendant qu'une voix lointaine et grave retentit sur le champ de bataille:

– Beau botté, hein?

Je relève la tête et vois un énorme garçon tout près de mon Émilie. Il me regarde, le sourire fendu jusqu'aux oreilles. Coincé dans le filet, je me dis: «Pas question de jouer le poisson longtemps, misère à poil!» Je me mets à japper, malgré mes poumons et mes côtes durement malmenés.

– Tu es qui, toi, espèce de sans-dessein? fulmine soudain ma douce Émilie. Tu as failli tuer mon chien!

Ces paroles viennent mettre un peu de baume sur mon cœur rudement ébranlé, foi de Galoche!

– Galoche, ça va? demande Pierre-Luc, qui se penche au-dessus de moi.

Je suis encore affalé au fond de mon but, enroulé dans les mailles du filet, l'air d'un poisson-saucisson...

– Bouge pas, mon beau. Bouge pas. Je vais t'aider à sortir de là.

– Je m'appelle Boum-Boum.

Mon cœur ne fait qu'un boum!

– Et toi, *fifille*..., poursuit l'énergumène, tu serais pas le gardien de but des Zèbres? La Miss Bouche-Trou?

Je me dégage du filet en deux *mordées* et trois coups de tête et

je fonce vers Émilie, fin prêt à la défendre en sautant sur ce gros imbécile tel un kangourou et à le ruer de coups de patte comme un zèbre fou…Trop tard, déjà le Kangourou s'est éloigné. Puis, ce dernier me pointe du doigt et, riant à gorge déployée, il lance :

– Cette grosse boule de poils mouillée, c'est votre gardien substitut?... Ça promet! On va vous manger tout … RAYÉS! Ha, ha, ha! Pauvres p'tits Zèbres! Ha, ha, ha!

Le garnement disparaît ensuite dans la grisaille du matin.

Émilie demeure immobile. Comme si l'humiliation l'avait transformée en statue. IVG! Improvise vite, Galoche! Je dois trouver un moyen de la sortir de cette torpeur et de lui faire oublier ce Boum-Boum de malheur…

Une idée brillante me vient – comme toujours, d'ailleurs, dans ces moments d'angoisse suprême. Moi, Galoche, je m'affaisse aux pieds d'Émilie. Puis, je me tords de douleur. Bien sûr, je joue la comédie, car malgré le choc grandiose du ballon dans mon estomac, j'ai rapidement récupéré. Nous, les chiens, sommes très résistants à la douleur; les humains, eux, se plaignent au moindre bobo. Avec un air de pitou piteux, je laisse échapper de petits gémissements. Dans ma caboche, j'entends déjà ma Douce dire : « Pauvre Galoche, viens, on va te soigner !... »

Pourtant, mon cœur se ratatine comme une vieille sacoche en l'écoutant s'adresser plutôt à son protégé.

– Ah oui, un dernier truc, Pierre-Luc, dit-elle, sur un ton de confidence. Prends exemple sur Galoche : au moindre coup reçu durant un match de soccer, tu te couches au sol, tu te tords de douleur... en espérant que l'arbitre donne un carton jaune à l'adversaire.

Désespéré, je songe à donner un carton rouge à mon Émilie pour qu'elle disparaisse de ma vue sur ce champ de bataille...

Je ne me suis jamais senti aussi bien dans ma peau de toute ma vie de chien, foi de Galoche! Contre toute attente, je rentre à la maison la fourrure bien au chaud, affalé au fond du solide et confortable sac de sport de ma Douce, tenu à chaque extrémité par les tourtereaux.

– Quel boulet de canon, tout de même! a lancé Pierre-Luc avant de quitter le champ de pratique, en m'observant, toujours par terre.

Quelle bonne idée j'ai eue de continuer à gémir sur ce terrain boueux, au lieu de bondir de colère après l'indifférence de ma Douce à mon égard!

– Ouais..., a fait Émilie, le regard posé sur moi, indécise. C'est vrai qu'il était puissant, ce botté.

Dans les yeux d'Émilie, je comprends qu'elle s'imagine elle-même, demain soir, dans son but, en train de bloquer pareille frappe de ce Boum-Boum.

– Galoche a peut-être une côte brisée, a suggéré notre jeune voisin.

– Non, je crois pas... Il est pas gros, mon Galoche, mais il est fait fort!

« Fort en comédie! » que je me dis, fier de mon coup.

– Et c'est pas le genre à se plaindre pour rien, a renchéri mon bon ami Pierre-Luc.

– Non, ça, c'est vrai, a admis ma Douce, la voix de plus en plus conciliante.

J'étais aux oiseaux. Je retrouvais la vraie Émilie... enfin!

L'instant d'après, aussi délicatement que les humains prennent un poussin dans le creux de leur main, j'étais soulevé par ma Douce et son prince du soccer, puis déposé dans cet immense nid pour ballons, patins, vêtements de sport de toutes sortes.

Je suis passé à un poil de lancer « Pit, pit, pit! » tellement j'avais le cœur léger et heureux.

Nous venons d'entrer dans la maison des Meloche. Un cri d'horreur nous y accueille.

– AAAH !... hurle Marilou. Vous êtes tout crottés !

Les bons mots de la mère d'Émilie nous vont droit au cœur. Ils font sursauter de peur les tourtereaux qui... BOUM ! laissent tomber le sac d'un coup. « Ouille ! » Je m'affale au plancher, la tête la première, moi, le pauvre petit poussin.

– Désolée, mon beau ! fait ma Douce.

– Vous êtes inconscients ou quoi ? tempête Marilou. Mes planchers de bois franc frais lavés !

Pour un instant, j'avais complètement oublié que la demeure familiale était aussi un vrai champ de bataille...

– Émilie, continue de s'époumoner la sous-ministre, combien de fois vais-je devoir te répéter que la maison, c'est pas un terrain de soccer ?!

Marilou semble tenir mordicus à seulement deux choses dans la vie: ses rapports, qu'elle est toujours en train de rédiger pour sa ministre, ainsi que ses planchers brillants et aussi durs que sa tête de sous-ministre. Le reste, elle n'aime pas. Et, plus que tout, elle déteste les chiens. Aussi, l'apparition du visage en colère de Marilou a sur moi le même effet qu'un carton rouge au soccer: je dois disparaître!

Aussitôt, je rejoue le chien-magicien et, tentant de me servir de Pierre-Luc comme écran, je bondis hors du sac, en direction de l'escalier...

– AAAHHHHH!... crie de nouveau Marilou.

– AAAHHHHH!... s'exclame aussi Émilie.

Ces deux hurlements m'atteignent en plein vol et me transforment, dans les airs, en hippopotame: je retombe lourdement au plancher, le museau aplati sur la première marche.

– Espèce de vieille sacoche, tu dégouttes de partout! fait la mère d'Émilie, horripilée.

– Espèce de gros comédien manqué! T'es pas du tout blessé, toi?!?

Sans me retourner, moi, Galoche, je monte l'escalier sur le bout des coussinets, comme un danseur de menuet sur le pont d'Avignon...

UN W-OUF À ZÉRO !

Je m'assois tranquillement dans la cuisine tandis que les Meloche s'apprêtent à prendre leur petit-déjeuner. On entendrait voler une mouche. Ma Douce termine son repas. Elle semble dans une bulle. Sa famille, elle, paraît assise sur un volcan prêt à exploser.

«Oh, oh! Ça sent... *la toast* qui brûle, foi de Galoche!»

Pourtant, en cette importante journée pour les Zèbres, le soleil est au rendez-vous. Les nuages gris, la pluie et la tempête sont choses du passé, tout comme la frustration d'Émilie et de Marilou à mon égard... W-ouf!

D'une part, Émilie a oublié mes prouesses de «grand comédien»: elle s'est surtout préoccupée de celles qu'elle devra réaliser, ce soir, contre les Kangourous et leur détestable Boum-Boum. Pendant les heures qui précèdent un match, ma Douce se prépare mentalement. Elle m'a déjà expliqué sa technique de visualisation: dans sa tête, elle voit les joueurs adverses qui s'amènent vers elle, le gardien de but, et elle anticipe les tirs qu'ils feront et les mouvements à faire pour les contrer.

Hier, je crois que son cœur a fait «boum-boum!» une bonne partie de la journée, car plus son match est important, plus elle commence tôt sa visualisation, m'a-t-elle déjà précisé.

Pauvre Émilie... La journée risque d'être longue, à observer ainsi défiler ces mastodontes et à bloquer leurs bottés, dans sa tête, jusqu'à ce soir! En tout cas, moi, jamais je ne pratiquerai la visualisation avant mes affrontements avec Marilou : je deviendrais fou, foi de Galoche !

D'autre part, hier après-midi, Fabien, le gros-et-grand-barbu de père d'Émilie, m'a prouvé son amitié et son talent de comédien, encore plus grand que le mien, juré jappé ![1] Il a réussi à calmer les ardeurs vengeresses de sa femme à mon endroit, moi qui avais laissé des traces de boue sur ses beaux planchers. Comment ?... En me donnant toute une raclée ! Je devrais plutôt dire : tout un savonnage ! Du moins, aux yeux de Marilou.

Je t'explique en te brossant la scène en deux dessins et trois bulles...

---

1. Voir *Galoche en grande vedette*, où je joue le renne au nez rouge.

42

Ah, quel merveilleux complice, ce Fabien! En plus de me donner des morceaux de ses délicieuses crêpes, les matins de fin de semaine, celui-ci m'a souvent sorti du pétrin, comme hier. Je n'ai pu éviter le bain, bien sûr. Par contre, ce fut un bain qui n'avait rien à voir avec celui que Marilou s'est imaginé, elle qui me croyait plongé dans l'eau savonneuse bouillante et lavé à la brosse d'acier...

Mais si le soleil est au rendez-vous ce matin, il règne tout de même une grosse grisaille autour de la table. Et je me doute de ce qui ne va pas. Lors du récent anniversaire d'Émilie, chaque membre de la famille a promis à ma Douce d'assister à cet important match des Zèbres, qui aura lieu ce soir. Or, personne ne semble ravi de cette promesse aujourd'hui, à observer leur tête d'enterrement. Aussi, dès que mon Émilie sort de sa visualisation... et de la cuisine, Marilou bredouille:

– Ce… ce soir, je… je…

– Tu viens au match! lance Fabien, lui coupant la parole, la barbe en bataille, prêt à l'affrontement. TOUT LE MONDE VIENT, VOUS L'AVEZ PROMIS!

Les yeux du père d'Émilie vont de Marilou à Éloïse, la sœur aînée, jusqu'à Sébastien, le cadet de la famille. Ces derniers se lancent des regards affolés. Fabien a bien lu dans leurs pensées: ils voulaient se désengager de leur promesse. Moi aussi, j'avais décelé leur projet. Il faut dire que j'ai le pif pour lire dans les pensées humaines; particulièrement dans celles de la sous-ministre, de la grande diva et de Monsieur-je-sais-tout, car il en va de ma survie! Ce trio infernal me donne du poil à retordre, misère à poil!

Dans la cuisine, le silence est devenu si lourd que j'ai l'impression d'entendre voler les papillons dans l'estomac noué de Fabien. Je fixe celui-ci dans le blanc des yeux; va-t-il tenir le coup? Le gros-et-grand-barbu de père d'Émilie est d'un naturel aussi docile qu'un agneau. Parfois, cependant, comme en ce moment, il peut sortir de ses gonds et foncer tel un rhinocéros sur tout ce qui se trouve sur son passage! Le trio infernal est de mon avis, car tous semblent soudain avoir oublié le rapport urgent à écrire, la pièce de théâtre à mémoriser ou l'expérience scientifique à terminer.

«W-ouf!... On a évité de justesse une nouvelle tempête», que je m'amuse, en fin météorologue des humeurs humaines.

🐾

Et des humeurs humaines, il en pleut des tonnes autour du terrain de soccer, ce soir, alors que le compte est toujours de 0 à 0 entre les Zèbres et les Kangourous.

– Hé, l'arbitre ! hurle un homme, le bedon sorti de son pantalon. Le 8 des Zèbres a fait trébucher ma fille !

– Passe, mon Ti-Marc ! Passe !... vocifère la mère de l'énorme 77 des Kangourous.

Et, se retournant vers son voisin, elle s'exclame :

– Coudonc, y'attend-tu l'printemps pour le passer, l'ballon ?... PASSE, TI-MARC !

– Euh... pardon ? fait soudain une voix derrière la dame, debout sur le bord de la ligne de démarcation.

La partisane de Ti-Marc se retourne. Éberluée, elle aperçoit une femme vêtue d'une robe chic, chaussée de souliers à talons hauts, portant des verres fumés, assise sur une chaise pliante et qui semble occupée à écrire... un rapport, bien sûr! Mais cela, la mère du gros 77 ne peut pas le savoir...

– C'est à moi que vous parlez? demande-t-elle.

– Oui, à vous! À qui d'autre? rétorque Marilou, le crayon en attente dans sa main, au-dessus de son rapport. Vous ne pourriez pas baisser un peu le ton? C'est tout juste si je peux me concentrer.

La dame reste bouche bée et oublie son Ti-Marc d'un coup sec... ainsi que la mouche qui passe devant sa bouche ouverte et qui y plonge à toute vitesse.

– Vous êtes très aimable, je vous remercie, de conclure la sous-ministre, qui retourne à son dossier sans s'occuper de la dame en train de s'étouffer.

Moi, Galoche, je compatis avec le voisin de la pauvre femme qui s'apprête maintenant à lui faire le bouche-à-bouche tellement cette dernière est blême, incapable de prononcer un mot.

Je me force pour ne pas pouffer de rire. Mais aussitôt... CRAC! CRAC! CRAC! CRAC! des bruits assourdissants résonnent à deux poils de mes moustaches, près de mes oreilles. Ils me transforment en navette spatiale amorçant son décollage. Puis, je retombe sur mes quatre pattes tremblotantes, sourd comme un pot pour un bon moment.

– Sébastien!!! retentit la voix de la sous-ministre, derrière moi, atteignant le maximum de décibels possible pour un humain. RANGE TA MAU... TA MAUSUS DE CRÉCELLE!

Pour une fois, je suis du côté de Marilou... «Un vrai fou, Monsieur-je-sais-tout!» L'instant d'après, d'autres bruits le long de la ligne me font tourner la tête. J'observe alors Éloïse, la grande diva, dans sa djellaba, pleurant comme une Madeleine devant un petit Zèbre qui frotte sa cheville un peu endolorie. «Une famille de fous, ces Meloche!» que je me dis, découragé.

Tentant de reprendre mes esprits et de retrouver l'usage de mon ouïe après ces bruits de crécelle, je remarque Fabien, dont les yeux vont de Marilou à Éloïse, puis à Sébastien, tandis que ses joues prennent la couleur «carton rouge». Il n'en faut pas davantage à mon imagination débordante pour me dire que le père d'Émilie aimerait bien les envoyer tous les trois traverser illico le pont d'Avignon! Car il faut que tu saches, comme mon Émilie me l'a montré sur son ordinateur, que le pont d'Avignon n'est pas long… et qu'il s'effondre avant même le milieu de la rivière! De quoi faire disparaître le trio infernal aussi vite qu'un carton rouge…

🐾

La première demie achève. Heureusement! Moi, Galoche, j'ai besoin d'un répit: je suis crevé. Jouer le rôle de spectateur attentif à un match de soccer, pour nous, les chiens, c'est quasi héroïque. Depuis le début de la partie, le long de la ligne, je parcours le terrain pour y voir quelque chose, suivant le ballon, élément important s'il en est un… Je suis à bout de souffle, misère à poil!

D'habitude, je m'en tiens principalement à la zone défensive des Zèbres, là où brille de tous ses feux le meilleur gardien de but de la ligue: mon Émilie, bien entendu. Ce soir, cependant, je dois couvrir toute la surface de jeu à cause de Pierre-Luc, le petit nouveau et petit ami de ma Douce.

Et c'est toujours :

Mon Émilie a déjà fait trois arrêts spectaculaires en bondissant dans les airs pour éviter des buts certains. Ce qui a fait dire, à mon grand plaisir, à un fidèle partisan des Zèbres :

– Hé ! elle a DU CHIEN, Émilie !

« Oh ! » que je m'énerve. Je viens d'apercevoir le gros Boum-Boum, au centre du terrain, qui bouscule Pierre-Luc, la vedette cachée des Zèbres... et, à le voir piétiner sur place comme un pantin, ce dernier ne semble pas vouloir sortir de sa cachette. Le détestable Boum-Boum ressort de la mêlée avec le ballon. Attention! Une brèche s'ouvre devant lui. «Faites quelque chose, les Zèbres, il va s'échapper!» Trop tard pour l'arrêter. Le mastodonte fonce droit vers le dernier Zèbre: ma Douce. Puis, à quelques mètres d'Émilie, il amorce un puissant coup de pied...

– Hooonnn! crient les partisans des Zèbres, soudain très inquiets.

– Wooowww! s'exclament les admirateurs des Kangourous, impressionnés.

«Ouille, ouille, ouille!» que je m'apeure.

BOUM!

Un bruit sourd retentit. Un vrai coup de canon! Le ballon est entré en contact avec le ventre de mon Émilie alors qu'elle s'élevait dans les airs pour bien le bloquer. «W-ouf!» Moi, Galoche, j'en ai mal à l'estomac, aux côtes, au ventre. Quel boulet! Et quel arrêt!

Tous les yeux sont rivés sur le gardien des Zèbres, qui vient d'atterrir sur le derrière, un mètre derrière le point d'impact, les deux bras repliés sur le ballon : Émilie le tient bien serré sur elle, comme elle faisait avec moi quand j'étais chiot et qu'elle voulait me protéger d'un danger.

– Wooowww! font les admirateurs des Zèbres, impressionnés.

– Hooonnn! s'exclament les partisans des Kangourous, soudain très inquiets.

Foi de Galoche, si je n'étais pas un chien, je pleurerais de joie. Ma courageuse Émilie se relève et botte le ballon très loin, relançant aussitôt l'attaque de son équipe.

– Snifff! Snifff! Snifff!

Oh, oh! Non, ne crois pas que je devienne humain : c'est le gros-et-grand-barbu-très-sensible de père d'Émilie qui renifle à mes côtés, sous l'émotion.

Pas le temps de m'attendrir! Je vois Pierre-Luc jouer du pied avec le ballon, au loin... En deux bonds, trois *empattées*, me voilà à la hauteur de notre jeune voisin et de Zoom-Zoom, en pleine attaque...

– Passe-moi le ballon! s'époumone le petit centre des Zèbres, voyant le chemin libre devant lui jusqu'au but. PASSE!

Les cris des partisans pleuvent. Pierre-Luc, stressé, étonne tout le monde: bien qu'il n'y ait aucun adversaire autour, il s'emmêle les pieds. Le temps de démêler le droit du gauche, un troisième pied fait rouler le ballon hors ligne, tout près de mon museau. Mais... surprise! Pierre-Luc s'écroule. Il se tord de douleur aux pieds du gros 77 des Kangourous, décontenancé...

PRRRUITTT!...

– J'y ai même pas touché!

La vedette des Zèbres, plus cachée que jamais, en remet: couché sur le dos, les quatre pattes en l'air, Pierre-Luc pousse de petits gémissements… «Ah non, c'est pas vrai!» Notre jeune voisin joue la comédie. Pire: il m'imite en tous points, dans une performance digne de la mienne, hier matin, sur le champ de bataille. L'arbitre sort un carton jaune devant le cramoisi 77… Encore sur le dos, Pierre-Luc tourne la tête vers moi, qui ai toujours le museau sur le ballon, près de la ligne de côté. Il me lance un petit clin d'œil complice, avant de se lever d'un bond et, tout sourire, de passer devant l'arbitre qui le fusille du regard. Sans se laisser impressionner, notre vedette en herbe s'éloigne en trottinant comme un poney. Pour sa part, Zoom-Zoom voudrait bien étriper ce nouveau… petit comique.

«W-ouf! quelle chance qu'Émilie soit loin de…»

– AOOOUHHH!

Un pied m'écrase la queue.

– Hé, grand coco d'arbitre ! crie à tue-tête une partisane des Zèbres ou des Kangourous, mais sûrement pas des chiens, à la voir me bousculer. OUVRE-TOI LES YEUX !

Je bondis de côté en me demandant quelle mouche l'a piquée.

– Madame ? intervient aussitôt Fabien. Attention à notre chien !

– Vous, le gros barbu, je ne vous ai pas sonné : faites de l'air !

Tout à coup, je reconnais la dame et comprends qu'elle n'a pas été piquée par une mouche… elle en a avalé une ! C'est la mère du gros 77 des Kangourous.

Des bruits de pas me font soulever les oreilles ; j'assiste alors à un concert de beaux sentiments comme seuls les humains en sont capables.

– Madame, voulez-vous ben vous mêler de vos affaires au lieu de toujours engueuler l'arbitre ?! lance un monsieur qui porte une casquette.

– C'est de mes affaires : c'est mon fils ! réplique la maman frustrée, du tac au tac. Pis toi, l'casque, tu connais rien au soccer…

– Madame…, s'offusque une autre femme, arrivant en trombe, faites preuve d'un peu de respect. Ce sont des enfants sur le terrain. NOS enfants !

– Pour le respect, vous r'passerez, ma p'tite dame, renchérit un géant portant le chandail des Kangourous. Combien de fois on vous a entendus, vous, les parents *zébrés* et timbrés, dire que notre équipe est *paquetée* de mastodontes ? Pas très gentil pour nos p'tits, ça, hein ?

Je vois arriver droit sur moi deux véritables troupeaux de parents : ils semblent attirés par la pagaille comme les maringouins par la sueur. IVG ! Quelles drôles de *bibittes*, ces humains !

Je bondis à droite, culbute vers ma gauche, *triple-saute* par-derrière… Après maintes prouesses et quelques jappements bien envoyés, je sauve ma fourrure de justesse. «W-ouf! heureusement que je me suis rudement entraîné hier, foi de Galoche!»

La pause qui s'achève a été truffée de plusieurs faits saillants que je te rapporte, tel un grand journaliste sportif.

Premièrement: les deux équipes de parents n'en sont pas venues aux coups, mais les arbitres ont eu beaucoup à faire, foi de Galoche!

Deuxièmement: Marilou, à la fin de la demie, était debout – oui, oui, debout! – sur le bord des lignes. Toute contente, mon Émilie croyait que sa mère avait à tout le moins suivi la fin de la première demie et assisté à son dernier arrêt formidable contre le puissant botté de Boum-Boum. Elle est venue lui demander: «As-tu entendu le

BOUM que ça a fait, tantôt?» La sous-ministre lui a répondu: «Oh oui!... Je ne sais pas trop d'où ça venait, mais j'ai été étonnée de ne pas entendre de sirène de police ou de pompier, après une telle explosion! Enfin... Et toi, Émilie, quand est-ce que tu nous comptes un but?» Comprenant que sa mère venait tout juste de s'approcher et n'avait rien vu de son exploit, ma Douce n'a pas trop mal réagi, habituée à pareille situation...

MAIS MOI, GALOCHE, J'ÉTAIS FURIEUX!

J'ai alors été cacher sous un pin mungo le rapport que Marilou avait laissé sur sa chaise, en me disant: «Elle va le chercher longtemps, misère à poil!»

TROISIÈMEMENT: l'oncle Ricardo est arrivé de façon impromptue. Le frère de Fabien est peintre-sculpteur et grand joueur de tours, il habite à San Francisco. Mine de rien, il s'est approché de sa «sous-ministre de belle-sœur» et lui a pincé une fesse, en criant : «COUCOU, MARILOU!» Retombée sur terre, elle lui a fait une paire d'yeux méchants qui feraient même peur au diable. «Ben quoi?... a répliqué Ricardo. Marilou embrasse pas son chou?...» Vraiment un bon diable, ce Ricardo, foi de Galoche! Et mon Émilie l'adore : amateur de soccer et grand admirateur d'Émilie, chaque fois que l'oncle Ricardo vient au Québec et que ma Douce garde les buts, il assiste à ses matchs.

QUATRIÈMEMENT : Boum-Boum était tellement frustré de ne pas avoir compté qu'il a explosé de colère ; quant à Zoom-Zoom, il a voulu s'en retourner chez lui, horripilé par les gaffes du petit nouveau de l'équipe, en l'occurrence Pierre-Luc. Émilie a réussi à le convaincre de ne pas partir. Ouf!

Mission accomplie! Je crois t'avoir tout rapporté. Pas mal, non?

Revenons vite sur le terrain, car quelque chose d'important s'y prépare... Comment je le sais?... Mon pif, voyons! Je n'ai pas le museau long pour rien, misère à poil!

La seconde demie est en cours depuis un bon moment et... surprise! Le pointage est:

Le temps s'écoule. La tension monte chez les parents. Surtout chez les partisans des Kangourous: leur équipe a raté tellement de belles chances de compter...

– Ah, celle-là, elle va ben finir par laisser entrer un ballon dans son but!

– Vas-y, Boum-Boum! Rentre-z'en un!

Des deux côtés, les parents sont à bout de souffle à force de jouer à la place de leurs enfants: «Vas-y, botte!... Passe!... Cours, cours, cours!....» et j'en passe.

Pour ma part, ma tâche s'avère beaucoup moins éreintante: le jeu se déroule uniquement dans la zone des Zèbres. Les attaquants Kangourous bondissent sur chaque ballon. Ils tirent sans cesse sur Émilie. Je suis éreinté... MORALEMENT... de la voir sauter partout.

«Pauvre Émilie, elle va finir par devenir kangourou elle-même!»

Quant à Pierre-Luc, je ne sais si c'est grâce au jus qu'il a bu en quantité astronomique, mais il semble avoir de l'énergie à revendre. Lui qui, jusqu'ici, avait adopté un rythme de tortue, le voilà en train de courir partout comme un vrai fou.

«Peut-être a-t-il la vessie trop pleine?... Ah nooon!»

Encore une fois, Pierre-Luc se fait enlever le ballon par Boum-Boum, au centre du terrain.

Attention! Attention! Attention! Le mastodonte fonce maintenant sur l'aile gauche à vive allure. Un train d'enfer, à faire peur!...

Mais, mais, mais, qui vois-je? Pierre-Luc? Que vient-il faire sur ce côté, lui? Ce n'est pas son aile! Quand je dis «courir comme un fou», il faut me croire... Bajoues et babines ballottantes, je ne lâche pas Boum-Boum d'un poil le long de la ligne... Je l'entends soudain grommeler:

– TOI, FIFILLE... TON BEAU RÊVE TIRE À SA FIN!

C'est alors que le train coupe vers le but pour se donner un angle de tir. Moi, je freine, tous coussinets sortis.

«Attention, Émilie! Attention!»

Ahuri, je vois tout à coup Pierre-Luc rattraper Boum-Boum. Il glisse le pied droit devant et réussit à toucher le ballon du bout de son soulier: le ballon sort en touche derrière la ligne des buts tandis que Boum-Boum, lui, pique du nez... et pique aussi une colère du tonnerre.

– *Corner*! hurle l'arbitre.

Peut-être la nouvelle vedette des Zèbres est-elle enfin sortie de sa cachette?... Pierre-Luc se relève, tout sourire. En boitant, il repart vers le but pour aller défendre son gardien de but bien-aimé contre le botté de coin toujours dangereux.

– C'est notre chance! s'énerve un partisan des Kangourous. Il reste à peine deux minutes de jeu.

– Un but! Un but! Un but! scandent les parents, en sautant, évidemment.

Mes oreilles entendent soudain d'étranges sons. Je ressens des frissons électriques: ma fourrure est sous haute tension. J'ai le souffle court. La pression est énorme. Mais je reste immobile, affalé dans l'herbe haute, dissimulé à quelques mètres derrière Boum-Boum.

«Non, tu ne t'abaisseras pas au jeu des humains, toi, Galoche?»

L'instant est crucial.

Le moment, historique.

Je vois Boum-Boum, de dos; il s'apprête à botter. Comme au ralenti, il fait un pas, deux pas, et moi, derrière, pour le déconcentrer, je fais...

– W-OUF!

Le ballon s'envole, non pas vers le but, mais vers le centre du terrain... et semble réveiller Zoom-Zoom. Celui-ci

est tout près du dernier défenseur des Kangourous, complètement hébété par le botté raté de leur joueur-vedette.

Pour sa part, Boum-Boum se retourne vers moi. Ses yeux me tombent dessus comme si tout le pont d'Avignon s'écroulait sur moi d'un coup : boum ! boum ! Et le mastodonte n'a pas du tout l'intention de me chanter une petite chanson, foi de Galoche !

Mon attention est pourtant attirée par des cris d'encouragement, au loin.

– VAS-Y, ZOOM-ZOOM! ... COURS, ZOOM-ZOOM!...

L'attention de Boum-Boum, elle, reste entièrement concentrée sur moi. Je replie mes pattes de devant et agrippe le sol de mes dix griffes.

L'instant est crucial.

Le moment, hystérique.

Alors que j'anticipais bondir à ma droite, vers la ligne de côté, j'aperçois des partisans des Kangourous qui me bloquent le passage. «Auraient-ils, eux aussi, entendu mon petit w-ouf de rien du tout?» Leurs yeux me tombent dessus comme si tous les ponts de la terre s'écroulaient sur moi.

– VICTOIRE! VICTOIRE!

Il semble qu'un moment crucial et historique vient de se dérouler pour les Zèbres à l'autre bout du terrain.

– T'es un beau malin, toi, hein? fait Boum-Boum, alors que ses partisans se rapprochent en demi-cercle devant moi.

«C'est la fête à l'autre bout, que je me console. Mais ça va bientôt être la mienne», que je me désole, réalisant que, derrière moi, la clôture d'un parc m'empêche de fuir. Moi, Galoche, je suis dans le pétrin. Je remarque que mon Émilie, ma dernière alliée, a abandonné son but. «Bon, d'accord, mon w-ouf n'était pas un beau geste sportif, mais ça ne justifie tout de même pas qu'on me zigouille, misère à poil!... IVG!»

Au moment où j'opte pour me faufiler entre les jambes de Boum-Boum, qui n'est plus qu'à quelques *empattées* de moi, un cri de mort retentit:

– **MIAOWWW!**

«Victor!»

– Laissez ce chien tranquille! ordonne Ricardo de sa voix d'homme des cavernes, s'amenant avec son énorme chat dans les bras. Sinon je lance mon Victor à vos trousses. Il adore le saumon, les poissons et... la chair humaine!

Là, je crois que le frère de Fabien exagère. Pour rien, d'ailleurs, car à eux seuls les yeux méchants de ce matou, compagnon fidèle de Ricardo, peuvent glacer d'effroi n'importe quel humain... ou chien... j'en sais quelque chose[2].

Tout à coup, j'aperçois Émilie, suivie de Fabien, qui s'amène jusqu'à moi. L'instant d'après, je me retrouve dans les bras de ma Douce. Quel réconfort! Elle n'était pas partie fêter avec son équipe mais bien chercher du renfort. Elle murmure dans le creux de mon oreille:

– Galoche, Zoom-Zoom a compté. On a gagné!

---

2. Imagine, je me suis déjà retrouvé prisonnier avec cette horreur de matou dans une immense armoire, dans *Galoche en état de choc*.

Et, après une brève hésitation, alors que Boum-Boum et ses amis s'éloignent, elle ajoute d'un air moqueur:

– On a gagné... un w-ouf à zéro!

« Elle aussi a entendu mon petit w-ouf?...» que je m'étonne, encore un peu sur mes gardes. Dans ses yeux, je vois alors apparaître plein d'étincelles souriantes. Ah, Émilie! Ma grande amie pour la vie!

Nous retrouvons Pierre-Luc et Zoom-Zoom sous une montagne de Zèbres en liesse. Tout autour, les parents se font des accolades de joie. De vrais enfants! On pourrait penser qu'ils ont eux-mêmes remporté la victoire. «Bizarres, ces humains… Vraiment bizarres!»

Puis, mon Émilie a droit à toute une bascule pour souligner ses exploits. Moi, Galoche, j'ai la frousse: ils la lancent

tellement haut dans les airs que je crains qu'ils ne l'échappent et que ma Douce se fasse très mal.

Ils s'époumonent à lui dire et redire qu'elle a ♪♪♪ gagné ses épaulettes ! ♪♪♪

Même la famille Meloche au grand complet participe à la fête. Pourtant, l'euphorie ne dure pas longtemps.

– Chers amis, lance Ricardo à Fabien et aux autres membres de la famille, un peu en retrait des Zèbres, vous allez avoir une autre raison de fêter : je vous annonce que je me suis installé au Québec définitivement, que j'ai un atelier à moi et une compagne de vie.

Aussitôt, je vois Fabien, radieux, étreindre son frérot tandis que Marilou, Éloïse et Sébastien plaquent un sourire niais sur leur visage.

– Je vous invite tous chez moi, à la campagne, dimanche ! Je vais vous présenter ma belle Maria.

Les sourires du trio infernal se transforment en moue à peine voilée.

– Fantastique! s'écrie le père d'Émilie, encore sous le choc de ce retour au bercail inattendu de son frère.

«W-ouf! Que d'émotions ce soir!»

Après avoir informé les deux héros des Zèbres de la bonne nouvelle à propos de Ricardo, Fabien se retourne vers Marilou et demande, un brin naïf, comme à son habitude:

– Qu'est-ce que t'en dis, pitou?

– Euh… c'est que, vois-tu…, commence à répondre la sous-ministre en prenant un air désolé, le regard tourné vers sa chaise, je dois remettre, lundi matin, un important…

Comme si Victor venait de lui sauter dessus toutes griffes dehors, Marilou hurle alors:

– Ahhh!… mon rapport! Il n'est plus sur ma chaise! Où est mon rapport? J'y ai inscrit plein de notes très importantes. Mon rapport!

La sous-ministre se rue derrière sa chaise et se met à chercher désespérément son trésor... bien caché, foi de Galoche ! « Hi, hi, hi !... » Oups ! les yeux d'Émilie me fixent.

« C'est toi, hein ? » m'interroge-t-elle du regard.

« Euh... w-ouf ! » je réponds, les yeux clignotants, incapable de cacher la vérité à ma Douce, comme d'habitude.

« Ah bon !... » fait-elle avant de me lancer un coup d'œil rempli d'ondes mystérieuses que j'interprète ainsi :

«C'est génial, mon beau! Ne bouge pas d'un poil.»

Mais que se passe-t-il donc dans la caboche de ma Douce?

Je suis renversé: mon Émilie vient de laisser entendre à sa mère que moi, Galoche, le museau le plus fin en ville, je pourrais l'aider à retrouver son fameux rapport étrangement disparu.

– Tu crois qu'il…

– Bien sûr! Sauf qu'il est capricieux, tu comprends? confie ma Douce à sa mère. Il faut toujours lui faire plaisir. Lui promettre quelque chose qu'il aimerait beaucoup…

– Ah bon…

– Oui. Tiens, comme… euh… faire plaisir à son bon ami Ricardo, qui vient de lui sauver la vie et qu'il aime bien.

– Ah oui?…

– Oui !

Et de *poil* en aiguille, ma Douce rusée parvient à arracher à sa mère la promesse d'aller chez son grand ami Ricardo dimanche...

– C'est bien ce qui te ferait le plus plaisir, Galoche ? Qu'on aille tous chez Ricardo ? Hein ? Hein ?

Le spectre du chat Victor m'apparaît aussitôt.

– Hein ? insiste ma Douce, impatiente.

– Hein ? ajoute Pierre-Luc.

Devant deux frérots et des tourtereaux aux oiseaux à la seule pensée de se retrouver à la campagne ce dimanche, d'un coup de moustache, je balaie de mon esprit cette image atroce du gros matou et je fais les yeux doux.

– Bon, bon, OK, lance l'énervée sousministre, près de la crise de nerfs, cherchant toujours son document et concluant son entente avec Émilie,

MAIS SEULEMENT S'IL RETRACE MON RAPPORT!

– OK! Cherche, Galoche, cherche!

Fabien, Ricardo et Pierre-Luc m'encouragent alors que je pars en tous sens, sauf vers le pin mungo. «Il ne faut pas éveiller de soupçons chez Marilou...» De leur côté, la sous-ministre, la djellaba et la crécelle y vont de quelques bons mots chuchotés à mon égard, que mon ouïe fine me permet d'entendre:

– Aucune chance! Il ne voit pas plus loin que son museau, celui-là!

– Il va encore frapper un nœud...

– Il a le flair aussi peu reluisant que sa cervelle.

L'envie me prend d'arrêter et d'aller leur mordre les fesses. Pas question, cependant, de perdre ma gloriole de «booon chien». Je me convaincs d'être plus rusé qu'eux. Aussitôt, je freine ma course. Je tourne lentement la tête vers la gauche, en levant le museau bien haut et en inspirant très fort. Puis, après un moment, je vole jusqu'à l'arbuste. Enfin, jappant fièrement comme la dernière supervedette canine de la télévision, je m'enfouis le museau sous les branches et, la gueule béante, je prends... le mors aux dents.

« OÙ EST PASSÉ LE RAPPORT, MISÈRE À POIL ?! »

Avant même que je ne sois ressorti de sous le pin mungo, j'entends la sous-ministre exploser de joie.

– Ah! mon rapport! Génial! Merci... mon beau Victor!

Je sors la tête et vois le vieux matou de Ricardo relâcher le bout de la couverture de cuir du rapport qu'il a traîné jusqu'aux pieds de Marilou. Tous mes poils se changent en fines épines électriques tellement le choc est puissant. Humilié, je retourne aux côtés de mon Émilie, qui me regarde, intriguée, tandis que Victor me fait un clin d'œil, l'air de dire : « Un miaow à zéro ! »

Mais ce dernier bondit devant Marilou dès que celle-ci lance :

– Pas besoin de tenir ma promesse, c'est pas Galoche qui a trouvé mon rapport. Pas de campagne diman...

– RRRRRR !!!

Marilou a oublié qu'il ne faut jamais déplaire à Ricardo en présence de son matou Victor : elle vient de réveiller en lui le tigre qui dort...

– MIAOWWW !!!

« À dimanche, madame la sous-ministre ! » lui ordonne Victor à sa façon...

AU BORD DU W-OUF!

C'est dimanche matin, il fait beau et chaud. Moi, Galoche, je suis assis sur le bout de la banquette arrière de la voiture des Meloche. À chaque virage à droite, j'ai l'impression de servir de ballon protecteur à Sébastien. À ses côtés, les deux tourtereaux, eux, filent le parfait bonheur. Chaque courbe s'avère de plus en plus périlleuse pour moi étant donné l'humeur massacrante de madame la sous-ministre, au volant de la niche roulante familiale. Ouf! je suis en train de m'aplatir comme une galette. Et Monsieur-je-sais-tout ne fait rien pour éviter de me coincer entre la portière et lui; au contraire!

La conductrice s'adresse à Fabien, son copilote:

– Avenue Ricardo!... Évidemment que le GPS ne l'indique pas, tempête-t-elle, c'est un *shack* dans le bois qu'il s'est acheté, ton frère!

Depuis un bon moment, le père d'Émilie joue plus au coureur des bois qu'au copilote: il barbouille une ixième flèche sur sa vieille carte routière qu'il a dénichée au fond du coffre à gants.

– Pourtant, j'ai bien suivi les explications de Ricardo. On devrait être tout près, mon pitou...

Soudain, le véhicule se met à bondir et à rebondir. Moi, je valse dans les airs, aussi léger qu'une petite cerise de terre.

– Ah non, pas un chemin de terre! maugrée Marilou, qui parvient tout juste à tenir les mains sur son volant.

Derrière le banc de la conductrice, je me transforme de cerise en vrai yoyo:

je monte et redescends sans arrêt. Par bonheur, je réussis à garder mes pattes loin de la tête de Marilou... « S'il fallait que je la décoiffe, mon chat est mort, foi de Galoche ! »

Dans les airs, je me surprends à penser que la plus chanceuse de la famille, c'est Éloïse, partie en tournée hier matin avec une troupe de théâtre qui se promène dans une roulotte. Le prétexte parfait pour éviter de venir chez Ricardo.

– Je suis essentielle : je joue Pinocchio, le rôle principal ! a-t-elle argumenté avant que Fabien ne se résigne.

« En tout cas, moi, Galoche, j'échangerais bien mon rôle de yoyo contre celui de Pinocchio. »

– C'est pas une route, ça !... hurle la mère d'Émilie, le visage rouge comme une pomme enrobée de sucre d'orge. On se croirait sur un tape-cul !

– Ahhh! regardez! s'enthousiasme Fabien en pointant le doigt vers un vieux piquet sur sa droite. Regardez la pancarte!

Voilà ce que nous voyons: rien pour dissiper notre inquiétude, misère à poil! Encore moins pour atténuer la colère de Marilou, dont les yeux semblent vouloir rester fixés sur la pancarte.

– Un vrai *shack*, c'est certain!...

– Attention, tu dévies! crie Fabien.

Marilou donne un coup de volant pour éviter une sortie de route. BOUM! Mon museau frappe durement la vitre.

– Si t'avais pas un si grand nez, aussi, se moque Sébastien, tu te frapperais pas partout.

« Toi, le petit sans-cœur, je te mordrais le nez... si je n'étais pas un si booon chien. »

– Ahhh ! deux hommes, là, juste devant ! s'exclame gaiement notre copilote.

– Ils ont des allures de bandits ! marmonne Marilou.

– Voyons, Marilou, on est dans le bois, ici, pas dans un ministère ! Arrête, ils vont nous renseigner.

Marilou freine brusquement. BOUM ! La caboche la première, je fonce dans le dos du siège avant. Quelques secondes plus tard, encore ébranlé mais ayant repris ma place, je regarde par la vitre. Je vois deux énergumènes émerger d'un immense nuage de poussière : un vieillard et un homme plus jeune. Le premier a des allures de trappeur et l'autre, de tueur, foi de Galoche ! Le vieil homme rassure Marilou.

– C'est juste au *boutte* d'la route, vous pouvez pas vous tromper. Sinon, ma p'tite dame..., ajoute-t-il, souriant de ses trois dents toutes cariées, vous tombez dans la chute! Ha, ha, ha! Mais Robin, mon fils, ira vous repêcher. Ha, ha, ha!...

Si Marilou n'apprécie guère l'humour du vieux monsieur, moi, Galoche, je frémis d'horreur en observant le regard que me jette son garçon: on dirait un ogre!

– Sais-tu que t'as une *tannante* de belle fourrure, toé!

Heureusement, la sous-ministre a tôt fait de peser à fond sur le champignon, laissant derrière nous ces deux êtres hideux, qui s'effacent aussitôt à l'arrière de l'automobile, dans un gros cumulus poussiéreux.

«W-ouf! quelle frousse il m'a donnée, celui-là!»

🐾

Quelques cumulus de poussière et pirouettes plus tard, la joie de Fabien est à son comble, alors que nous débouchons dans une clairière ensoleillée où se profilent des arbustes en fleurs, un puits de pierre et, tout au fond, une magnifique maison en bois rond entourée d'une large galerie. Un endroit de rêve, un vrai coin de paradis.

– Bienvenue chez nous! fait Ricardo, qui nous accueille, tout fier, au pied de l'escalier en compagnie d'une jeune femme au teint presque aussi basané et beau que ma fourrure. Je vous présente Maria!

– *Buenos días*! lance la compagne de Ricardo, souriante.

Chacun fait rapidement sa connaissance. Puis Ricardo et Maria, main dans la main, nous font faire le tour du propriétaire. Les Meloche sont émerveillés. Moi, Galoche, un peu moins: il n'y a que des planchers de bois franc aussi glissants que chez Émilie... Par contre, il y a tellement de pièces et de racoins que ma Douce et moi pourrions y jouer à la cachette. Ça, c'est plus chouette!

– Venez dehors, dit le frérot de Fabien, les yeux brillants, je vais vous montrer quelque chose...

Quelques instants après, il nous fait entrer dans une mignonne petite grange remplie de sculptures, de toiles et de pots très colorés qui sert d'atelier et de galerie aux deux artistes – car Ricardo nous apprend que son amie de cœur fait de la poterie.

– Et le murmure que vous entendez, dit Maria avec un bel accent chantant, c'est la rivière et ses chutes qui tombent juste derrière. Il y a un petit pont pour la traverser. De là, la vue est formidable.

– Et voilà! lance Ricardo alors que nous sortons de la grange. Tout ceci est à nous deux! Terminé San Francisco! Finie la vie de nomade! Maria et moi allons vivre ici, de notre art!

– Vous devriez penser à une meilleure signalisation! intervient Marilou. Sinon, vous n'aurez pas un chat...

De son côté, Fabien a les yeux heureux comme je les ai rarement vus, foi de Galoche!

« Snif ! Snif ! Snif ! »

Je me retourne vivement pour voir qui pleure, tout près de moi. Horreur ! Je vois Victor, le vieux matou de Ricardo, qui s'amuse à mes dépens avec son air moqueur : « Pauvre sensible petit toutou, vas-tu te mettre à pleurnicher ? » semble-t-il me narguer. Avant même que je puisse bouger le bout de l'oreille, le gros félin décampe en direction de la rivière.

– Hé, Victor ! Viens dire bonjour !

Trop tard ! L'impoli a disparu.

– Excusez-le ! ajoute le frère de Fabien. Ici, en liberté, Victor est heureux comme un pape. L'appel du seigneur des bois, des ruisseaux et des oiseaux est plus fort que tout. Il est toujours parti dans la forêt : un vrai chat sauvage !

« Pour ça, oui !... que je me dis, retrouvant mes yeux doux. Il devrait y rester pour l'éternité, dans le bois ! »

Malheureusement pour moi, les tourtereaux semblent eux aussi avoir entendu l'appel irrésistible du grand seigneur des bois, des ruisseaux et des oiseaux...

– On peut y aller, papa?

– D'accord!

En «booon chien», je m'apprête à les suivre.

Aussitôt, ma Douce me lance un regard qui m'envoie un message qui illumine mon esprit, comme le néon éclaire la nouvelle table de billard de Fabien au sous-sol:

Toi, le chaperon,
on t'a pas sonné!
Seuls les tourtereaux peuvent
recevoir l'appel du seigneur
de la nature!
Compris?

Moi, Galoche, je demeure là, immobile, bien sonné. Ding!

– Prenez le petit pont, derrière la maison, suggère Maria.

– Et amenez Galoche avec vous! ordonne Marilou.

Ding! Ding! Je suis doublement sonné par cette belle attention à mon égard de la part de la sous-ministre.

– Mais, maman, on...

– Pas de discussion!

– Oui, ça vous prend un chaperon! intervient Monsieur-je-sais-tout.

– Pas du tout, réplique Marilou. Ils ont besoin d'une... boussole! Une boussole sur quatre pattes, conclut la sous-ministre. Un chien retrouve toujours son chemin, c'est bien connu, non?

– Un chien, oui! répond Sébastien. Mais Galoche... ça, c'est moins sûr!

Je donnerais un coup de boussole sur la tête de Monsieur-je-sais-tout et l'enverrais dans le bois rejoindre Victor... pour l'éternité !

« Oh, oh , Galoche, que je me calme. Faut pas perdre le nord ! »

🐾

– Psss... Psss... Hi, hi, hi !

Depuis une heure, je me laisse bercer par le chant des oiseaux, le doux bruissement des feuilles, le perpétuel murmure de la rivière... et mes oreilles se tendent et tremblent comme l'aiguille d'une boussole au moindre chuchotement des tourtereaux, assez loin derrière moi.

– Psss... Psss... Hi, hi, hi !

Ah, ces deux-là, ils me font dresser le toupet avec leurs regards innocents et leurs petits rires chaque fois que je jette un coup d'œil vers eux. Je ne suis pas ici pour jouer à la cachette, moi. Malgré le décor enchanteur, j'ai l'impression de me retrouver encore sur un champ de bataille...

Bon, oui, je l'avoue : je suis un peu jaloux de Pierre-Luc. Depuis que ma Douce en a fait son « petit ami », je me sens délaissé. Ce n'est pas que mon Émilie ne m'aime plus. Non, non : ça, je le sens toujours. C'est plutôt que je dois me satisfaire de moins de temps de jeu avec elle, de moins de petites attentions de sa part et, surtout, de moins de confidences. Mais le plus difficile à accepter, c'est de me sentir de trop et de voir ma Douce se fâcher contre moi, comme tantôt. Heureusement, Pierre-Luc m'aime bien. Pourtant, il ne veut pas déplaire à Émilie et ne sait trop quoi faire dans ces moments de déchirement pour nous deux, foi de Galoche !

« C'est simple ! que je me dis en contournant un gros rocher. Tu dois te retirer avant que ton Émilie risque de te trouver un peu trop collant, Galoche. »

Ah! qu'ils sont compliqués, les humains! Particulièrement quand ils commencent à se promener la patte dans la patte! En tout cas, ils ne m'épatent pas du tout, Émilie et Pierre-Luc, avec leurs « Psss... Psss... Hi, hi, hi!»

Nous continuons à nous enfoncer dans le bois... et dans les petits secrets. Je trouve les tourtereaux vraiment imprudents de s'aventurer si loin. Je crois même que Marilou avait raison d'insister pour qu'ils soient accompagnés par une «boussole à quatre pattes». Pourtant, une pensée inquiétante s'incruste de plus en plus dans mon esprit alors que je me faufile entre plein d'arbres touffus pour ouvrir le chemin à mes deux finauds de tourtereaux... «Moi, Galoche, je suis bien mieux entraîné pour garder les buts au soccer que pour retrouver mon chemin en pleine forêt, misère à poil!»

Alors que le doute m'assaille, je vois apparaître une vieille cabane, perdue dans cet univers sauvage. Mon sens aigu du devoir de bon chien de garde me fait bondir vers cette mystérieuse découverte. Je ne dois pas laisser Émilie et Pierre-Luc se retrouver face à face avec le fantôme d'un coureur des bois, ou avec un ours affamé, ou quoi encore! Et par-dessus tout, il n'est pas question de les laisser seuls dans ce nid parfait pour des tourtereaux toujours en quête de bécots...

La tête la première, je fonce dans la vieille porte entrouverte qui s'ouvre brusquement... Bang!... Elle se referme plus durement encore sur mon occiput... Boum!... Je suis terrassé.

– Oh! la belle vieille cabane!

Moi, Galoche dans la brume, je songe: «Je suis sûrement mort... car mon Émilie se serait écriée: "VITE, COURONS

SECOURIR GALOCHE!" et non : "Oh! la belle vieille cabane!"»

Je n'ose pas ouvrir les yeux, foi de Galoche.

🐾

Non, je ne suis pas mort. Mais oui, Émilie continue de porter plus attention à la vieille cabane qu'à moi, pauvre chien affalé au bord de la porte toujours entrouverte, avec une prune aussi grosse qu'une balle de ping-pong sur la tête. Les tourtereaux sont entrés et se relancent la balle :

– Wow! Quelle découverte! s'enthousiasme Émilie, dont les pas résonnent près de moi.

– As-tu vu les beaux rayons de soleil qui passent à travers le toit? demande Pierre-Luc.

– Ah oui! Magnifique! On dirait un rideau de lumière qui sépare la cabane en deux. Et puis, le bruit de la rivière...

– Tiens, une vieille glacière…, fait Pierre-Luc, qui soulève le couvercle et y découvre de petits cubes de glace en train de fondre. Des pêcheurs doivent venir ici…

Soudain, j'ai les narines en alerte. Une odeur étrange et persistante commence à piquer drôlement l'intérieur de mon museau, et encore davantage ma curiosité. J'ouvre les yeux et me dis : « SOS ! Nous ne sommes pas que trois dans cette cabane, foi de Galoche ! »

Pour leur part, insouciants et main dans la main, les tourtereaux continuent de s'extasier devant ce qui m'apparaît être l'endroit le plus délabré que j'ai vu de ma vie.

– C'est sympathique, ici !

– Oh, quel joli poêle à bois !

– Mignons, ces petits rideaux à carreaux !…

Et patati et patata. L'amour ne fait pas qu'aveugler les humains, comme disent ceux-ci; il rend fou!

Moi, Galoche, flairant le danger, je renifle chaque racoin, ce que seule une «boussole à quatre pattes» peut réussir!... Brusquement, ma truffe se met à frémir comme l'aiguille d'une boussole. Je m'arrête. Une odeur forte remonte jusqu'à ma gorge, qui se serre. Elle semble provenir de sous le plancher où je me trouve. Je plaque aussitôt le bout de mon museau sur une fente un peu plus large que les autres... Pouache!... Je tourne les yeux vers les tourtereaux qui s'apprêtent à se donner un bécot, de toute évidence.

– Aouuuh! Aouuuh! je laisse échapper.

– Voyons, Galoche, qu'est-ce qui te prend? lance Émilie, fâchée. Tu nous as fait sursauter.

École Jean-Leman
4 avenue Champagne
Candiac, Qué.
J5R 4W3

Je me mets à gratter le plancher de mes deux pattes d'en avant, tout près de la fente. Je lance un regard vers ma Douce et Pierre-Luc. Mon message est le suivant: «Sous moi se trouve quelque chose d'inquiétant: peut-être le fantôme d'un coureur des bois qui habite ici, qui sait?»

Les yeux d'Émilie m'envoient un communiqué express: «Si chaque fois que j'embrasse Pierre-Luc tu te mets dans cet état, plus jamais tu ne m'accompagneras nulle part, Galoche!»

Ébranlé, mais toujours bien décidé à leur éviter un grand danger, je redouble d'ardeur:

– Aouuuh! Aouuuh!

L'instant d'après, ma ténacité est récompensée. Notre jeune voisin plonge vers moi et passe les doigts dans la fente, en s'exclamant:

– Émilie, je crois que Galoche a découvert un secret dans cette cabane. Regarde, il y a une trappe...

La porte secrète se lève d'un coup sous l'effort de Pierre-Luc et le trio des bois que nous formons reste muet de peur...

Un bouquet d'odeurs vives me fait presque perdre connaissance. À moins d'un mètre de mon museau en folie, je vois une pile de peaux d'animaux... Toutes de belles  fourrures! Le cœur palpitant, les poils frissonnants, je recule un peu. Quel choc! Je tente de me contrôler alors que de nouvelles odeurs me font littéralement basculer dans la terreur.

– Aouuuh!

En quelques minutes, je permets à Pierre-Luc de découvrir deux autres trappes. «W-ouf! Je n'en peux plus, moi!» Je m'éloigne, pour ne plus voir ces pauvres amis tués. J'ai la bedaine qui balaie le plancher tellement j'ai le ventre lourd, comme si de grosses pierres y étaient tombées. Je ne suis pas le seul sous le choc: les tourtereaux ne pensent plus à se bécoter, foi de Galoche! Ils ont plutôt l'air de deux canards qui viennent de se poser dans une piscine creusée alors qu'ils pensaient venir s'ébattre sur un bel étang à l'eau azurée.

– Tu as vu toutes ces fourrures? C'est sûr qu'on est dans un repaire de braconniers, Émilie!

– Tu crois?

– Oui. Et on ferait mieux de... déguerpir!

– Oui! Faudrait pas qu'ils nous voient ici!

– C'est certain! On file!

«Et moi donc!»

Bien décidé à sauver ma fourrure, je bondis vers la porte. Je me retrouve dehors, sur le sentier. «Voyons, Galoche, n'oublie pas que c'est toi qui dois protéger les tourtereaux...Tu as des crocs, un jappement du tonnerre...» Je tente de me faire une carapace. En vain. Je ne parviens pas à contrôler ma frousse. Je ne cesse de revoir ces fourrures d'animaux: lièvres, ours, marmottes... Pire encore, derrière moi, j'entends soudain un cri de mort:

– Ahhh!

Ma Douce! Je fais demi-tour d'un seul bond pour apercevoir Émilie à plat ventre par terre, sur le seuil de la porte. Misère à poil! Je reviens près d'elle alors que Pierre-Luc l'aide à s'asseoir.

– Aïe! Ma cheville!

– Ne bouge pas, Émilie!

Ma Douce pousse de petits gémissements. Elle semble beaucoup souffrir. Pierre-Luc croit qu'elle s'est cassé la cheville. Notre jeune voisin, si démuni d'habitude, prend la situation en main comme s'il était un leader-né. Il disparaît dans la cabane un moment, puis en ressort avec un vieux linge à vaisselle rempli de cubes de glace, qu'il applique sur la cheville d'Émilie.

– Bon, maintenant, ordonne-t-il, à toi de jouer, Galoche !

Je reste gueule bée.

– Impossible pour Émilie de se sauver. Elle serait incapable de marcher. Je reste avec elle. On va se débrouiller. Mais toi, tu fonces à la maison de l'oncle Ricardo et tu le ramènes ici à toute vitesse, avec Fabien !

Je reste muet, la gorge serrée comme un humain enrhumé, les yeux ronds comme un bouffon.

– Cours, Galoche ! commande notre jeune voisin. Cours, vite ! Et reviens avant les braconniers !

La mission la plus importante de ma vie, misère à poil ! Je me précipite vers la forêt tout de go. « Émilie, Pierre-Luc, je vais vous sauver, juré jappé !... Mais... euh... je ne me rappelle plus trop par où aller... »

La boussole à quatre pattes est déboussolée.

Assez loin pour que les tourtereaux ne me voient pas, je stoppe ma course. Je scrute le bois un instant. Comme un pompier au nez bouché qui ne sent pas la fumée, je hume l'air et la terre, sans sentir la moindre trace à suivre...

« Aux grand maux, les grands moyens ! » que je me dis. Au plus profond de mes tripes, je hurle : « IVG ! » Il n'en faut pas davantage pour que la magie canine s'exerce de nouveau en moi. Une odeur très lointaine de Meloche me fait tourner la tête vers la gauche. « QUOI ? LA RIVIÈRE ! »

La fraction de seconde de peur passée, je flaire la bonne affaire comme le pompier repère le foyer de l'incendie. Pin-pon, pin-pon ! « Saute la rivière, Galoche. De l'autre côté, le terrain est plat. Tu n'auras qu'à suivre l'eau. Tu vas sauver un temps fou : de ce côté-ci, c'est montagneux. »

Génial ! Je m'approche du cours d'eau. « Folie ! » que je me dis une fois près de la rivière. Son fort débit et sa largeur feraient même hésiter un labrador, foi de Galoche !

« Je dois sauver Émilie ! » que je crie en mon for intérieur. Prenant mon courage à quatre pattes, je décide de sauter et je

fonce droit devant moi, tels ces héros de la télé aux exploits surcanins dont les humains raffolent. J'accélère ma course alors que j'approche du bord, puis je m'envole et... PLOUF! je tombe à l'eau. Mes deux pattes de devant ont raté de quelques centimètres à peine le rebord de la berge abrupte de l'autre côté. J'ai déboulé dans le sable et plongé dans l'eau... glaciale! Mais la température de l'eau, ce n'est rien. L'horreur, c'est ce courant très fort qui m'entraîne déjà dans son sillon tumultueux. Mes quatre pattes rament sans arrêt sous l'eau. J'ai peine à garder la tête hors de la rivière. Je reste concentré et tente de donner des coups de mes pattes avant et arrière en même temps, pour me rapprocher de la berge. FLAP!... FLAP!...

Bravo! Malgré les masses d'eau qui déferlent sur moi à chaque bond que je réussis, je m'approche. Avec mes pattes, je fouette l'eau. Un coup, deux, trois, et voilà que je touche enfin la terre. Mes pattes de devant s'agrippent un instant. Je tente de ramener celles de derrière pour les appuyer à leur tour et grimper cette berge d'environ deux mètres de haut.

« Je vais y arriver, Émilie ! Je vais y arriver ! »

Je dois faire très vite : s'il fallait que les braconniers arrivent à la cabane et surprennent ma Douce ! Qui sait ce que pourraient lui faire ces gens qui tuent des animaux et leur enlèvent la peau ?

« Je vais y arriver, Émilie ! Je vais y arriver ! »

D'énormes jets d'eau affluent sur mon flanc gauche. J'enfonce mes griffes encore davantage dans le sable. Je sens mes pattes de derrière toucher enfin la berge. Je suis à bout de forces, mais je m'élève un peu plus. Puis, brusquement, la terre se met à glisser sous ma patte gauche qui lâche prise. La droite fait de même l'instant d'après : je roule de nouveau vers l'eau, sans pouvoir stopper ma descente. Je sens mon cœur gronder presque aussi bruyamment que les flots qui m'enfoncent dans le lit de la rivière. Je suis désespéré. « Émilie ! »

L'image de mon Émilie, blessée, dans le repaire des braconniers me donne cependant un regain d'énergie. Ballotté au centre de la rivière, je me remets à nager de toutes mes forces. Je scrute la berge. J'essaie d'y voir un arbuste ou un bout d'arbre auquel je pourrais m'accrocher. J'entends de plus en plus un grondement qui devient infernal... « Les chutes ! » Quelle angoisse !

« Concentre-toi, Galoche ! Concentre-toi ! Tu vas y arriver... »

Au loin, j'aperçois le petit pont dont parlait Maria.

« Il faut que je trouve le moyen de me sortir du pétrin. Je ne suis plus qu'à quelques minutes de la grange de Ricardo et de Maria ! »

Je tente de ne pas paniquer, de demeurer positif. Et je suis récompensé. « Génial ! » que je m'emballe, en remarquant sur ma gauche un rocher qui émerge de la berge et derrière lequel se dresse un frêle bouleau dont une branche semble me tendre la main, à quelques centimètres seulement au-dessus de l'eau.

FLAP!... FLAP!... FLAP!... FLAP! Après quelques bons coups de pattes synchronisés, je parviens encore une fois à me placer tout près de la berge. Je vois la branche, juste à la bonne hauteur. «Haut les pattes, Galoche!» Je me donne une poussée, je lève les pattes et... horreur!... je glisse dessous sans pouvoir m'y accrocher.

Avant de tomber dans les chutes, je ferme les yeux et revois, dans ma tête, le beau sourire d'Émilie, ma grande amie pour la vie...

Moi, Galoche, je m'élève au paradis... «Les humains avaient donc raison: après la mort, il y a le paradis!»

Je ne suis pourtant pas tombé dans les chutes. Avant que mes pattes redescendent, après avoir raté la branche, je me suis sentis happé. Et me voilà en train de monter... au paradis, j'imagine. Je sors de ma torpeur et ouvre les yeux. Misère à poil, je suis dans une énorme poche de jute déchiquetée ! Sur la berge ! Je suis fou de joie !

– Mais qu'ossé ça, c't'affaire-là ?

Je deviens fou de peur en apercevant soudain le vieux bonhomme aux trois dents horribles – que j'ai vite reconnu – qui me braque le bout de sa carabine droit entre les deux yeux.

– Robin, as-tu vu le drôle de poisson que je viens de repêcher ? Ha, ha, ha !

Avec prudence, je m'extirpe de la poche.

– Pôpa, j'ai jamais vu un poisson avec une aussi belle fourrure...

Les regards et les carabines du vieux bonhomme et de son géant de fils me terrifient. Pourtant, je leur dois la vie...

– Sais-tu, pôpa, qu'il a une *tannante* de belle fourrure, ton poisson! Ça nous ferait tout un trophée de chasse.

– Robin, oublie ça! Vite, faut aller à la cabane pour y remiser nos prises...

C'est alors que je remarque l'énorme sac à dos que transporte le fils : des bouts de fourrure en émergent. Catastrophe! Tout s'éclaire d'un coup dans ma caboche. «Les braconniers, c'est eux!»

Moi, la boussole, je prends mes pattes à mon cou et, tel un camion de pompier répondant à une alarme, je m'élance vers le pont.

– Hé! crie le vieux bonhomme derrière moi. Prends pas le mors aux dents comme ça. Robin blaguait, voyons. Ha, ha, ha!

«Ha, ha, ha!... rira bien qui mordra l'autre le dernier, foi de Galoche!»

🐾

Dans la forêt, moi, Galoche, je cours à l'emporte-poils vers la cabane. Fabien, Ricardo, Maria et Sébastien me talonnent. Ils ont assez rapidement compris l'urgence de me suivre en me voyant danser autour d'eux comme un chien fou. Quant à Marilou, sa voix lointaine et paniquée résonne en écho:

– Émilie, ma petite! Émilie!...

Elle est sûrement loin derrière, avec ses talons hauts.

Je suis dans tous mes états, foi de Galoche! J'anticipe le pire en me disant que les deux monstres sont certainement arrivés à leur repaire, qu'ils ont découvert les tourtereaux et qu'ils se demandent comment se débarrasser d'eux pour qu'ils ne révèlent rien. «S'ils n'ont pas décidé de passer aux actes…W-ouf!»

J'ai peine à respirer. Heureusement, mes instincts canins fonctionnent à plein régime : «Dans deux mètres, tourne à gauche. Prends à droite, au bouleau blanc.» Un vrai GPS! Beaucoup plus performant, en tout cas, qu'une boussole…

Je stoppe brusquement. Je viens d'apercevoir le toit de la cabane, un peu plus bas, droit devant moi. Je m'écrase sur le sol et tourne la tête vers Fabien qui arrive en trombe le premier. Il s'agenouille près de moi.

– Ah, voilà donc l'endroit où il s'est passé quelque chose?

Mes yeux lui répondent que oui.

– Vite, on y va! lance Fabien à Ricardo, qui s'approche à son tour.

– Oui, on fonce! acquiesce le gros frérot, tout essoufflé. Mais pas de bruit; s'il y a quelqu'un d'autre, il faut le prendre par surprise...

– Oui, t'as raison!

Alors que tous deux viennent pour s'élancer...

– Émilie, où es-tu?... Émi...

Fabien bondit comme un matou vers Marilou et lui applique sa grosse main sur la bouche pour la faire taire. Un bruit de porte se fait entendre et met toute la famille Meloche sur ses gardes. Des rires et des voix d'hommes parviennent jusqu'à nos oreilles. «Ils sont donc arrivés avant nous...», que je m'inquiète, les crocs serrés.

Fabien et Ricardo, après avoir fait signe aux autres de ne pas bouger et de garder le silence, se laissent glisser entre les arbres et descendent vers la cabane. Marilou a les cheveux en broussaille, les vêtements salis, les joues toutes rouges, ses deux souliers dans une main. La sous-ministre m'apparaît tout à coup plus sympathique. « Faudrait l'emmener plus souvent dans le bois ! » que je songe un bref instant.

– Venez, venez ! Ils sont partis.

Nous nous acheminons vers la cabane, sur les pas des deux frères. Fabien ouvre la porte lentement. Le museau dans l'entrebâillement, je sens mon cœur battre comme un tam-tam.

– Mais y a personne là-dedans ! lance Ricardo, aux côtés de Fabien, après avoir fait le tour du repaire.

Je panique : « Qu'ont-ils fait de ma Douce ? Et de Pierre-Luc ? » Une voix nous fait tous sursauter :

– Salut !

– Pierre-Luc ! s'écrie Fabien.

– Émilie ? Où est Émilie ? lance Marilou, au bord de la crise de nerfs.

« OUI, OÙ EST MA DOUCE ? »

Comme la mère d'Émilie, moi, Galoche, j'ai les nerfs à vif et le cœur serré comme une grosse boule de poils fraîchement sortie d'un aspirateur.

– Ne vous inquiétez pas pour Émilie, dit notre jeune voisin, elle est en sécurité...

W-OUF !

«Trop d'émotions pour moi, foi de Galoche!»

Je m'écrase sur le plancher de la cabane, complètement vidé.

AUTOUR DU W-OUF!

La noirceur est tombée.

En fin d'après-midi, les braconniers ont été arrêtés avec la complicité de l'agent de la faune, un bon ami de Ricardo. Ce dernier connaissait bien les deux hommes.

– J'étais sur leurs traces depuis un bout de temps. C'est pas la première fois qu'on les arrête, ces deux-là! Ils sont dangereux pour les animaux, mais pas pour les humains, malgré leur allure bizarre. Ne vous inquiétez pas. Ils ne reviendront plus dans le coin! Merci pour votre aide!

– Mon cher Jean-Paul, tes remercie-ments doivent aller à Galoche, le chien des Meloche! a lancé le bon Ricardo. C'est lui qui nous a conduits à leur repaire.

– Tout est bien qui finit bien! a aussi-tôt lancé une Marilou enfin décon-tractée.

Voilà pourquoi, ce dimanche soir, le ciel ne cesse de s'illuminer de jolies flammèches. Nous sommes tous rassemblés autour du feu, près de la maison de Ricardo et de Maria. Cette dernière joue de la flûte tandis que Ricardo, heureux et pimpant comme un beau gros caniche, nous sert des fajitas. Oui, oui, même moi, Galoche, j'ai droit aux fajitas! C'est la fête, après la tempête d'émotions que nous avons tous vécue, il y a quelques heures à peine.

On m'a fait asseoir aux côtés de Pierre-Luc.

– Chut! ordonne soudain Fabien, pour faire taire les discussions alors que sa femme vient de se lever. Je crois que Marilou a un mot à vous dire.

La mère d'Émilie n'a pas du tout son allure de sous-ministre: elle porte un jean rapiécé ainsi qu'un long chandail de laine que notre gentille hôtesse lui a prêtés. Elle semble un peu inconfortable dans les hautes bottes en caoutchouc que Ricardo lui a trouvées mais, à mon avis, elle n'a jamais eu un air aussi sympathique. La musique cesse, tout comme les bruits autour du feu. Marilou lève son verre de vin et dit:

– Je voudrais féliciter nos deux grands héros, Pierre-Luc et Galoche! Je dois dire que je n'ai pas toujours été tendre avec Galoche, mais aujourd'hui je veux le remercier de ce qu'il a fait pour sauver Émilie.

Plus encore que les flammes, les paroles de la sous-ministre me réchauffent le cœur, foi de Galoche! «Une émotion n'attend pas l'autre, aujourd'hui», que je songe, voyant soudain émerger du sous-bois deux petites lumières vives, jaunes et rondes, qui s'approchent de notre rassemblement. Victor !

– Galoche, continue la mère d'Émilie, grâce à ta ténacité, ton audace et ton courage, notre fille a été retrouvée et ramenée saine et sauve, avec seulement une petite foulure à la cheville. Même si l'agent de la faune a dit que les braconniers n'étaient pas si horribles, moi, je garde des doutes… Chose certaine, Galoche, notre famille t'en sera éternellement reconnaissante. On a eu si peur…

« Et moi donc ! »

Le museau bien haut, j'accueille le matou de la maison, qui daigne enfin venir se joindre à nous après être disparu toute la journée. Nos regards se croisent, nos pensées aussi :

« Oui, oui, cher Victor, ne fais pas semblant de ne pas comprendre : c'est moi qu'on fête ! »

«Ah bon!... On te fête, Galoche, pour le plus beau plongeon jamais vu dans la rivière?» se moque-t-il, me laissant sans *jappe* un petit moment.

«En tout cas, je réplique après m'être ressaisi, c'est pas toi, l'indépendant, toujours absent, qui aurais pu secourir Émilie et Pierre-Luc!»

Victor me nargue de son regard perçant. Mais je ne me laisse plus distraire et je reporte mon attention vers la sous-ministre, qui enchaîne:

– Et toi, Pierre-Luc, que dire d'autre que MERCI d'avoir trouvé cette cachette, tout près du repaire des voleurs, et d'y avoir camouflé, en sécurité, notre Émilie?! Tu lui as évité de gros problèmes. Tu as fait preuve de beaucoup de débrouillardise dans cette aventure. Et quel sang-froid! Tu nous as tous agréablement surpris.

«Et moi donc!»

Quelle joie incroyable quand nous avons suivi Pierre-Luc pour découvrir ma Douce, assise par terre au milieu d'un étroit passage entre deux rochers cachés par un immense chêne, juste derrière la cabane. Avec les fougères géantes au pied de l'arbre, cette cachette était idéale !

– Oui, santé à nos deux héros ! fait Fabien à son tour, alors que tout le monde se lève, y compris Monsieur-je-sais-tout, un verre de coca-cola à la main.

Je lorgne Victor et suis content de voir qu'il nous regarde, Pierre-Luc et moi, les deux héros.

– Euh… un instant, s'il vous plaît ! s'écrie notre jeune voisin. Euh… je dois vous avouer qu'il y a un troisième héros parmi nous. Celui qui m'a fait découvrir cette cachette entre les rochers…

Surpris, tous fixent leur regard sur Pierre-Luc.

« Et moi donc ! »

C'est alors que… horreur ! je vois mon ami se tourner vers Victor.

– C'est Victor. C'est lui, le vrai héros ! Il m'a conduit droit entre les deux rochers, vers une cachette parfaite.

Les attentions et les félicitations vont brusquement toutes dans la même direction, celle de Victor. Plus rien pour moi, Galoche.

Bien entendu, ce matou de malheur s'amuse à mes dépens, en me lançant un clin d'œil ainsi qu'une boutade :

« Galoche, faut jamais crier victoire trop vite, avec Victor ! Ha, ha, ha ! »

« Ha, ha, ha ! T'es pas drôle du tout, gros matou ! »

Je suis en train de perdre ma bonne humeur, tout près du feu. Je sens alors une main douce me caresser le dos.

– Pour moi, Galoche, me chuchote mon Émilie, c'est toi le héros du jour. Surtout, ne va pas le dire à Pierre-Luc... il est persuadé que je pense que c'est lui.

Ma Douce va rejoindre son petit ami en boitillant, me laissant dans le bonheur total. J'en oublie même ma fourrure en train de roussir sous une fine pluie d'étincelles. Quel feu de joie, foi de Galoche!

YVON BROCHU

Un jour, à mon école, il y a de cela bien longtemps, j'ai joué ma première vraie partie de hockey comme gardien de but. J'étais en cinquième année.

Dès le début du match, je vois deux joueurs s'avancer seuls devant moi. «Haut les pattes!» me suis-je dit. Et, sans plus réfléchir, je m'élance vers eux, je me jette de travers sur la patinoire, je fais dévier la rondelle avec mon bâton que j'avais étendu alors qu'un des joueurs trébuche sur mes jambières allongées. W-ouf! L'arbitre ne m'a même pas donné de punition! Je fus le héros de ce match qu'on a gagné deux à zéro! Tranquille, le Yvon... mais parfois intrépide, comme Galoche dans cette dernière aventure!

DAVID LEMELIN

Le football, que l'on appelle ici « soccer », est un des sports les plus palpitants du monde! Quel plaisir alors, pour moi, de savoir que notre Galoche allait cette fois-ci se retrouver sur le gazon d'un terrain de soccer. Du bonbon, pour un illustrateur. De l'action à profusion, des coups durs, un peu de peur, de la joie… que demander de plus? Surtout qu'il m'est arrivé souvent d'entendre des gens dire que le soccer est un sport ennuyeux à mourir parce qu'on y compte peu de buts. Rien de plus faux! Il suffit de savoir regarder. Il se passe un million de choses sur le terrain, les joueurs se donnent à fond. Demandez à Galoche, maintenant, s'il trouve que le soccer est un sport où il ne se passe jamais rien!

Auteur : Yvon Brochu
Illustrateur : David Lemelin

Romans

BD

www.galoche.ca

Série Brad

Auteure : Johanne Mercier
Illustrateur : Christian Daigle

1. Le génie de la potiche
2. Le génie fait des vagues
3. Le génie perd la boule
4. Le génie fait la bamboula

www.legeniebrad.ca